AF385178

UNE SINGULIÈRE

LEÇON D'HISTOIRE

AVIS ESSENTIEL.

Quoique locale, cette leçon d'histoire et les observations qui la suivent ont un intérêt général, attendu que cette leçon donnée aux jeunes écoliers d'Issoudun, est, sous toutes les formes et sur tous les tons, continuellement déclamée dans toutes les contrées de la France, par tous nos francs-maçons, nos radicaux et nos révolutionnaires de toutes les nuances et de toutes les sectes.

Par conséquent, la réponse à M. le Maire d'Issoudun s'applique à tous ceux qui, en matière d'enseignement, déclament les mêmes erreurs.

UNE SINGULIÈRE

LEÇON D'HISTOIRE

DONNÉE

*A de jeunes écoliers par un maire ami fana-
tique de la Révolution, mais ennemi, inconscient peut-être, de la République
actuelle.*

M. Lecherbonnier, maire d'Issoudun, a,
le 14 août 1878, présidé la distribution des
prix de l'école communale laïque de la ville.
Il a ouvert la solennité par un discours que
nos feuilles radicales ont trouvé de leur
goût, puisqu'elles se sont empressées de le
publier avec éloge ; nous en extrayons les
passages suivants :

« Je veux seulement vous tracer une
» page trop peu connue de notre histoire

» nationale : Ce sera la dernière LEÇON de
» votre année scolaire. Nous parlerons de
» la Révolution française. Vous ne devez
» pas ignorer la grande œuvre de vos pères...
» Nos aïeux, dans leur sollicitude pour le
» bonheur de leurs fils et la prospérité de la
» France... décrétèrent *la loi* sur l'instruc-
» tion publique dont voici les bases princi-
» pales : L'enseignement sera libre, — il
» sera fait publiquement, — les premiers
» livres du premiér degré d'instruction sont
» les Droits de l'homme, la Constitution et
» le Tableau des actions héroïques et ver-
» tueuses.

» Les pères, mères, tuteurs, seront tenus
» d'envoyer leurs enfants ou pupilles aux
» écoles du premier degré d'instruction...
» TELLE EST L'ORIGINE DES ÉCOLES PRI-
» MAIRES. » (!!!)

M. le maire parle-t-il sérieusement,
quand il fixe au **23** frimaire an II (**13** décembre **1793**) l'origine des écoles primaires ?

Ignorerait-il que, longtemps avant la Révolution, la France catholique et monarchique occupait, parmi les nations les plus avancées, une prééminence incontestée, au point de vue de la diffusion de l'instruction et des lumières? Ignorerait-il que, si de nos jours elle paraît si déplorablement déchue de cette prééminence, c'est uniquement aux hautes œuvres scolaires de la Révolution qu'elle le doit? Cette ignorance, si elle pouvait être admissible, serait d'autant plus impardonnable que, pour appuyer sa singulière thèse, il cite des lois qui en contiennent une réfutation péremptoire.

Que disent en effet les lois scolaires de la Révolution? Quelques courts extraits suffisent pour réfuter l'assertion de M. le maire d'Issoudun.

« Aucune partie de l'enseignement pu-
» blic ne CONTINUERA d'être confiée aux
» maisons de charité, non plus qu'à aucune
» des maisons des ci-devant congrégations

» d'hommes et de filles, séculières ou
» régulières. » (Loi du 22 août 1792.)

Il y avait donc un enseignement, avant
cette date, puisque la loi défend de le *continuer* aux maisons de charité et aux congrégations qui l'avaient donné jusque-là ; donc
M. le maire d'Issoudun est dans l'erreur
ou le mensonge, quand il enseigne aux écoliers de la ville que l'origine des écoles primaires date du 23 frimaire an II (13 décembre 1793).

« Les biens formant la dotation des col-
» léges, des bourses et de TOUS AUTRES ÉTA-
» BLISSEMENTS D'INSTRUCTION PUBLIQUE
» FRANÇAIS, SOUS QUELQUE DÉNOMINATION
» QU'ILS EXISTENT, seront dès à présent
» vendus dans la même forme et aux mêmes
» conditions que les autres domaines de la
» République (du 10 mars 1793). » Il y avait
donc des établissements d'instruction publique et par conséquent des écoles primaires ;
donc M. le maire d'Issoudun est dans l'er-

reur ou le mensonge, quand il enseigne aux écoliers de la ville que l'origine des écoles primaires date du 23 frimaire an II (13 décembre 1793).

« Les femmes ci-devant nobles, les ci-
» devant religieuses, chanoinesses, sœurs
» grises, ainsi que les MAITRESSES D'ÉCOLE
» qui auraient été nommées dans les ANCIEN-
» NES ÉCOLES par des ecclésiastiques, ou
» des ci-devant nobles ne peuvent être nom-
» mées institutrices dans les écoles natio-
» nales. » 17 brumaire an II (28 octobre 1793, art. 21).

Il y avait donc d'anciennes écoles et d'anciennes maîtresses, et sans doute aussi des maîtres ; donc encore une fois M. le maire d'Issoudun est dans l'erreur ou le mensonge, quand il enseigne aux écoliers de la ville que l'origine des écoles primaires ne remonte pas au-delà du 23 frimaire an II (13 décembre 1793).

Ces textes des lois révolutionnaires sur

l'instruction publique suffisent pour établir d'une manière péremptoire qu'il y avait en France des écoles primaires longtemps avant la Révolution.

Mais ici se présente une question locale, dont la solution devrait être connue de tous les citoyens de la ville, ayant reçu la moindre dose d'instruction, ou seulement ayant prêté quelque attention aux traditions de sa famille. Avant la fameuse loi du 23 frimaire an II (13 décembre 1793), y avait-il des écoles à Issoudun ? C'est ici surtout que l'ignorance de M. le maire, en la supposant réelle, devient absolument impardonnable. Quelle était donc, au point de vue scolaire, la situation de la ville d'Issoudun avant 1789 ? Voilà ce que M. le maire doit savoir beaucoup mieux que nous, et s'il le sait, avoir la loyauté de le proclamer.

Il y aurait trouvé une leçon d'histoire locale et scolaire beaucoup plus intéressante pour son jeune auditoire que la légende absurde, fausse et inepte qu'il a jugé à propos de lui débiter. Voici comment il aurait pu formuler cette leçon, très-honorable du reste pour les ancêtres des écoliers qui l'écoutaient :

« Il y a moins d'un siècle, notre ville possédait plusieurs écoles qui, ayant été suffisamment dotées par la charité de nos aïeux, ne coûtaient pour la plupart rien à la caisse municipale, rien à la bourse des pères de famille. Il y en avait pour les enfants qui apprenaient les premiers éléments des connaissances, comme celle que vous fréquentez ; il y en avait pour les jeunes gens qui poussent plus loin leurs études ; il y en avait pour les garçons ; il y en avait pour les filles.

» Et d'abord, en vertu des décrets des conciles (1) et des disposition des ordonnances

(1) Magistro, qui clericos aliosque scholares pauperes gratis instrueret, aliquod competens beneficium proberetur, quo et docentis relevaretur necessitas et

du royaume (1), le chapitre de Saint-Cyr donnait le revenu d'une prébende pour l'entretien d'un précepteur qui, moyennant ce revenu, devait instruire gratuitement les enfants de la ville.

Si nous en croyons le conseiller Rolland, plus tard président au Parlement de Paris, il y avait à Issoudun un collége très-ancien, ayant régents et précepteurs ; il y avait dans les archives de la ville des pièces constatant l'existence du collége dès le commencement du XVI⁰ siècle : à son entretien étaient consacrés :

1 Les fruits d'une prébende de la collégiale de Saint-Cyr, évalués à 500 livres;

2° 90 boisseaux de blé, moitié méteil, moitié orge, donnés par la ville.

via pateret discentibus ad doctrinam. *Consil. lateran*, *IV ann. 1215 cap. XIr.*

(1) Une prébende ou revenu d'icelle demeurera destinée pour l'entretenement d'un précepteur qui sera tenu, moyennant ce, instruire les jeunes enfants de la ville gratuitement et sans salaire (*Ordonnance générale rendue à Orléans*, janvier 1560.)

3° 30 sols par mois des écoliers payants (1).

Outre la prébende donnée au collége, le chapitre de Saint-Cyr accorde un petit ermitage à trois frères des écoles chrétiennes pour y tenir un pensionnat.

Il y avait encore dans la ville deux écoles de charité fondées et dotées, la première en 1741, par le sieur Perrotin, de Barmont, pour la paroisse de Saint-Denis, et confiée à deux frères des Ecoles chrétiennes, moyennant 400 livres de rente ; la seconde, en 1743, par le sieur Fèvre, d'Aubonne, moyennant 425 livres de rente et dont le directeur est laissé au choix et à la nomination des échevins de la ville. Il y avait ensuite dans le bailliage différentes pédagogies, écoles ou colléges (2).

(1) Les officiers municipaux ont fait des concordats avec les différents principaux le 14 sep. 1635, 30 juin 1653, 31 décembre 1662, 15 novembre 1724, 15 juillet 1731, 24 juin 1742, 27 sept. 1750 et en 1762. En 1763, tous ces actes devaient se retrouver dans les archives de la ville, puisqu'ils sont cités par le conseiller Rolland.

(2) ROLLAND, Comptes-rendus, aux Chambres as-

Les jeunes filles elles-mêmes, les pauvres comme les riches, avaient de grandes et belles écoles dans la ville d'Issoudun. Dès 1630, les *Ursulines*, dont la mission spéciale est l'éducation des enfants de leur sexe, s'y établissent et y ouvrent des classes, gratuites pour les pauvres ; quelques années plus tard, en 1644, les *Dames de la Visitation* apportent leur concours à la même œuvre de charité chrétienne.

Voilà donc bien des écoles dans la ville même que M. Lecherbonnier a mission d'administrer. Cet excellent maire est donc dans l'erreur ou le mensonge, en ce qui concerne la ville elle-même, quand il enseigne à son auditoire que les écoles primaires doivent leur origine à la loi du 23 frimaire an II (13 décembre 1793).

Maintenant, M. le Maire, qui se pose si solennellement en professeur public d'his-

semblées, des différents colléges du ressort. (15 janvier 1765. Tome II, p.169.)

toire, voudrait-il bien nous faire connaître ce que sont devenues ces écoles, sous le gouvernement de ses aïeux, dont il prône si haut la sollicitude pour la bonne éducation de leurs fils et la prospérité de la France ? Et, en même temps, quels ont été les résultats de cette fameuse loi du 23 frimaire an II (13 décembre 1793), qui, d'après lui, aurait inventé les écoles primaires ?

Cette loi que M. le Maire indique à son jeune auditoire comme la seule que la Révolution ait promulguée sur les écoles, était déjà la neuvième ou la dixième depuis 1792 (3), et la meilleure preuve de son inefficacité, c'est la promulgation des lois du 27 brumaire an III (17 novembre 1794), du 5 fructidor an III (22 août 1795), du 3 brumaire an IV (25 octobre 1795), du 25

(3) Lois du 22 août 1792, du 10 mars, du 30 mai du 15 septembre et des 3, 19, 21, 28 et 30 octobre, 1793.

messidor an V (13 juillet 1797), du 27 brumaire an VI (17 novembre 1797), etc., qui n'en laissent presque plus rien subsister.

Cette loi n'a donc pu rien fonder, rien créer ou seulement rétablir de ce que les lois précédentes avaient détruit. La poser comme point de départ des écoles primaires est donc une erreur historique colossale, ou un énorme et coupable mensonge.

Au reste, une des dernières lois de la République sur les écoles constate officiellement, d'un côté la désastreuse influence de la plupart de ces lois et de l'autre la désolante stérilité des autres ; voici en quels termes : « Considérant que rien n'est plus « instant que de RÉTABLIR en France l'instruction publique, » c'est le 13 juillet 1797, quatre ans après la promulgation de la loi du 23 frimaire an II.

Et qu'on le remarque bien, le législateur ne dit pas *établir*, créer, fonder, mais *rétablir* ; or on ne peut rétablir que ce qui a existé ; donc, il avait existé en France une instruction publique qui n'existe plus, qui a été détruite et qu'il s'agit de rétablir.

Ce que proclame ici le législateur sera, quelques années plus tard, affirmé par tous ceux qui auront à s'occuper d'instruction et d'éducation : « Depuis la suppres-» sion des corps enseignants, s'écrie celui-»ci (Lucien Bonaparte), l'instruction est » *à peu près nulle* en France. » « L'*instruction* » *est nulle* depuis dix ans, » ajoute celui-là (le conseiller d'Etat Portalis), « les enfants » sont livrés à l'oisiveté et au vagabondage » le plus alarmant ; ils sont sans idées de » la divinité, sans notions du juste et de » l'injuste ; de là des mœurs farouches et » barbares ; de là un peuple féroce. »

L'exposé de la situation de la République, présenté au Corps législatif le 1er frimaire an X (22 novembre 1801), ne peut dissimuler cet état de choses et s'exprime en ces termes :

« L'instruction publique a fait quelques
» pas à Paris, et dans un petit nombre de
» départements ; dans presque tous les au-
» tres, elle est ou languissante ou *nulle*. Si
» nous ne sortons pas de la route tracée,
» bientôt il n'y aura de lumières que sur
» quelques points, ailleurs *ignorance et bar-*
» *barie*. » (P. 11.)

Voici, d'un autre côté, en quels termes
l'historien Charles de Lacretelle caracté-
rise l'œuvre des aïeux de 1792 et des années suivantes, en matière d'instruction
publique :

« C'était un singulier régime de liberté
» que celui où, pendant un grand nombre
» d'années, on ne s'était occupé de l'éduca-
» tion publique que pour *en ruiner tous*
» *les établissements,* pour *les envahir* sans
» en tirer aucun parti. La Convention vint
» (21 septembre 1792) qui, toujours frap-
» pant, *toujours détruisant,* ferma des écoles
» et des colléges à peu près désertés ; *con-*

» *fisqua leurs biens* aussi tranquillement que
» ceux des hôpitaux, tandis qu'*elle disper-*
» *sait, emprisonnait* ou *égorgeait ce qui pou-*
» *vait rester d'instituteurs...* Les nombreux
» orphelins qu'elle faisait par son glaive
» restaient abandonnés (1). »

Le baron Ch. Dupin, dont personne ne contestera la compétence, n'est pas moins formel : « Les écoles, *toutes fermées pendant* » *le régime de la Terreur*, ne furent fré- » quentées que par *un cinquantième de la* » *population* pendant le reste de la Répu- » blique (2). »

Et c'est précisément sous le régime de la Convention ou de la Terreur, que M. le Maire d'Issoudun place l'origine des écoles primaires. Ici encore il y a manifestement erreur énorme ou mensonge flagrant.

(1) CH. DE LACRETELLE, *Histoire du Consulat et de l'Empire,* tome II, chapitre XVI, p. 81.

(2) CH. DUPIN, *Les forces productives de la France,* tome 1er, p. 52.

Mais admettons que M. Lecherbonnier ignore ce qui s'est passé alors dans le reste de la France ; du moins devrait-il savoir ce que sont devenues les ressources qui servaient à l'entretien des diverses écoles d'Issoudun : Les 500 livres de la prébende préceptoriale ? Les 400 livres de rente pour l'entretien de l'école des frères ? Les 425 livres pour l'autre école de charité ? Les revenus et les maisons des Ursulines et des Dames de la Visitation ? En est-il resté quelque chose ? Hélas ! même pas un liard ; la Révolution a tout confisqué, et vendu tout ce qui a trouvé un acquéreur. Encore une fois, en posant à l'époque révolutionnaire l'origine des écoles primaires, M. le Maire d'Issoudun est, même en ce qui concerne sa propre ville, dans l'erreur ou le mensonge.

Il serait difficile d'apprécier, dans toute son étendue, la déplorable influence des méfaits de la Révolution contre l'enseignement primaire, attendu que nous n'avons, sur ce point, aucune statistique un peu générale antérieure aux désastres des écoles ; mais les chiffres qui nous sont officiellement fournis sur l'instruction secondaire, nous donnent une idée de l'étendue de ces désastres.

Avant 1789, le territoire qui a formé le département de l'Indre comptait 12 colléges, dont un de plein exercice, et 325 collégiens, dont 12 boursiers. 53 ans plus tard, après plus de 40 ans d'efforts et de sacrifices de la part des particuliers et des communes, pour réparer les ruines laissées par la Révolution, et restaurer l'enseignement classique, en 1842, le département de l'Indre, avec une population plus considérable, ne compte plus que 4 colléges, dont un de plein exercice et 197 collégiens, dont pas un seul boursier (1).

(1) Le total de la dépense pour l'enseignement secondaire s'élève, en 1842, à 27,078,783 fr. 85 c., ainsi divisés :

Ce sont donc, en moins, 8 colléges, 128 collégiens et 12 boursiers; et cependant les 4 colléges coûtent aux 4 communes qui les entretiennent :

A Châteauroux. . . . .   8,400 fr.
A La Châtre. . . . .   4,560 »
A Issoudun. . . . .   2,550 »
A Saint-Benoît-du-Sault. .   410 »

Total. . . . . .   15,320 fr.

Et aux familles qui y envoient leurs enfants. . . . . . .   13,944 fr.

Total général. . .   29,264 fr. (1)

Ces réductions nous donnent une idée de celles qui se sont opérées dans le nombre des écoles élémentaires et des écoliers qui les fréquentaient.

A la charge de l'Etat. . . . . . .   1,883,077 fr. 9»
des départements.   42,690   »   0
des communes. . .   2,395,047   » 97
des familles   22,757,967   » 98

Même ouvrage, p. 53.

(1) Villemain. *Rapport sur l'instruction secondaire*, imprimerie royale, 1843. Tabl. n° 25, p. 298-299.

Et, à ce point de vue, le département de l'Indre n'est pas du tout un département exceptionnel ; la France entière présente des résultats analogues. On y compte :

En 1789, 562 colléges, dont 108 de plein exercice ;

72,747 collégiens, dont 13,749 boursiers ;

33,422 recevant l'instruction gratuite ;

7,099 des réductions de frais.

En résumé, 43,870 gratuits, les uns pour l'instruction et la pension, les autres pour l'instruction en totalité ou en partie.

En 1842, 358 colléges royaux ou communaux, dont 192 de plein exercice, et 44,091 collégiens, dont 2,774 boursiers et 2,386 exemptés de la rétribution scolaire ou collégiale (1); réductions 204 colléges, 28,656 collégiens et 38,110 gratuits.

Notons encore une différence radicale ; les bourses et la gratuité de l'instruction

(3) Ibid.

qui, en 1789, ne coûtaient rien à l'Etat ni aux communes, sont en 1842, sauf 21 bour. ses, tout à fait à la charge du budget de l'Etat ou de la caisse communale ou départementale, c'est-à-dire à la charge des contribuables (4).

Le ministre lui-même, qui publie ces résultats, proclame la différence entre les deux époques :

« Cet état de choses (celui de 1789), n'é-
» tait pas un don du gouvernement, mais
» l'ouvrage des libéralités de plusieurs siè-
» cles, et pour ainsi dire l'expression même
» des progrès de cette civilisation, qui, de-
» puis le moyen-âge, avait *porté si loin la*
» *gloire de la France dans les lettres et dans*
» *les sciences.* Les mêmes facilités n'existent plus » (3).

Au reste, quand, sous l'ancien régime nos pères fondaient, dotaient, enrichissaient

(4) Tableau N° 10, p. 114-115.
(5) VILLEMAIN. Ouvrage cité, p. 57.

les écoles élémentaires, comme les colléges
et les universités, ils ne faisaient qu'obéir
aux canons des conciles, aux statuts syno-
daux, aux ordonnances épiscopales. Les
statuts du diocèse de Bourges, comme ceux
des autres diocèses, sont remplis de prescriptions relatives aux écoles et à leur fré-
quentation.

« C'est un commandement, un avis du
» Saint-Esprit et donné à tout le monde,
» en la personne du sage, à tous ceux qui
» ont des enfants, de les former : *Filii tibi*
» *sunt ? Erudi illos, curva illos à pueritia*
» *illorum* (1). Le véritable moyen de les
» bien dresser, c'est de les envoyer aux
» écoles...

« C'est pourquoi nous ordonnons à tous
» les curés d'avoir de petites écoles dans
» leurs paroisses.

» Et parce que le mélange des filles avec

(4) *Ecclésiastique* VII, 25.

» les garçons a toujours été préjudiciable,
» nous voulons et ordonnons que, *dans*
» *chaque paroisse, il y ait deux écoles*, une
» pour les garçons, une pour les filles(1).»

» Comme les premières impressions ne
» s'effacent jamais, nous ordonnons aux
» maîtres et maîtresses d'école, en don-
» nant aux enfants les premières notions
» de la science, d'être attentifs à leur
» donner aussi les premiers exemples de
» la vertu, les instruisant avec douceur
» dans la crainte de Dieu et remplissant
» avec eux tous les devoirs de la reli-
» gion (2). »

Ces dispositions et autres du même
genre, qu'on trouve en grand nombre
dans les statuts et rituels diocésains ne
sont que les applications particulières des
prescriptions générales, des conciles œcu-
méniques et provinciaux (3) et des ordon-

(1) *Rituel du diocèse de Bourges.* Ed. 1866 p. 194.
(2) *Ordonnances synodales.* Bourges 1740, p 68..

nances royales qui, en ces matières ne font souvent que rendre obligatoires les prescriptions des conciles (1).

« Voulons, est-il dit dans une de ces
» dernières, qu'il soit établi, autant que
» possible, des maîtres et des maîtresses
» d'école, dans toutes les paroises où il
» n'y en aurait point. Enjoignons aux pè-
» res, mères, tuteurs et autres personnes
» qui sont chargées de l'éducation des
» enfants, de les envoyer aux écoles jus-
» qu'à l'âge de 14 ans (3).»

En présence de dispositions générales et particulières aussi multipliées et aussi formelles, fixer au 23 frimaire an II (13 décembre 1793), comme l'enseigne aux jeunes écoliers M. le Maire d'Issoudun,

(4) Spécialement le concile de Trente, tenu en 1545-1563, session V ; le concile provincial de Bourges, tenu en 1584.

(5) Ordonnances de janvier 1560, de décembre 1606, art. 14, d'avril 1695, art. 25 ; du 14 mai 1724, etc.

c'est à coup sûr faire preuve d'une profonde ignorance ou d'une insigne mauvaise foi.

Après cette réfutation, que sans doute on trouvera bien longue, mais qui nous a paru nécessaire, puisque sur ce point M. le Maire n'est ici que l'écho, peut-être inconscient, de la plupart des révolutionnaires, il est inutile d'examiner les autres énormités historiques enseignées aux jeunes écoliers de cette ville (1).

M. Lecherbonnièr est parfaitement libre de préférer au gouvernement du trop débonnaire Louis XVI, même au glorieux règne de saint Louis, la tyrannie spoliatrice et sanguinaire de la Convention nationale, ou plutôt des Robespierre, Danton, Marat et autres monstres de même espèce, qui la dirigeaient.

Mais vouloir, à force d'erreurs ou de

______

(1) Le *Journal du Centre* les a signalé dans le numéro 193, 23 août 1878.

mensonges historiques, imposer cette préférence à un auditoire de jeunes écoliers, est une entreprise qu'on ne qualifiera jamais assez sévèrement. Les conspirateurs les plus dangereux contre la nouvelle République, ne sont-ce pas ces apologistes fanatiques de tous les crimes et de tous les forfaits de leurs aïeux de 1792 et de 1793 ? Que M. le Maire d'Issoudun veuille bien y réfléchir et surtout que MM. les électeurs d'Issoudun dont l'immense majorité est encore catholique, veuillent bien en prendre note et pas l'oublier aux prochaines élections !

Fayet.

LETTRE DE M· LECHERBONNIER

Issoudun, 30 août 1878.

Monsieur le Directeur du *Journal du Centre*.

Si vous aviez reproduit complétement le paragraphe dont un extrait vous suffit pour étayer votre laborieuse argumentation, vos lecteurs auraient pu apprécier ma véritable pensée avec plus d'indépendance ; mais il ne s'agit pas de moi, il s'agit de l'histoire, et mon intention n'est pas de me détourner pour relever vos procédés ni l'atticisme de vos paroles.

Vous avez dit vrai, Monsieur ; il existait au XVIIIᵉ siècle deux Frères qui donnaient des leçons de cathéchisme, de lecture et d'écriture, aux enfants de la ville d'Issoudun.

Cela est exact. La maison existait encore il y a dix ans ; cinquante enfants n'auraient pu y prendre place.

Dans les siècles précédents, la ville était dotée de collèges ; vous le dites, soit. Veuillez donc alors nous dire pourquoi ces collèges avaient disparu d'Issoudun avant la naissance de la Révolution. Ne négligez pas de porter vos études sur la date 1685, si vous voulez recueillir les fruits utiles de l'histoire.

Si vous le permettez, nous passerons au XIXe siècle. Vers 1830, la ville possédait 8 établissements scolaires où une quinzaine de professeurs suffisaient à un millier d'élèves. Aujourd'hui, nous comptons 12 établissements, dirigés par 45 professeurs, qui donnent leurs leçons à environ 2,000 enfants des deux sexes, non compris les enfants du premier âge qui vont dans des classes spéciales. Ajoutez à ces éléments la différence des méthodes et les résultats acquis, puis, comparez la situation de l'instruction avant et après la Révolution. Là est la question.

Après cette étude, vos lecteurs comprendront peut-être, comme je conçois moi-même, que l'organisation de l'instruction publique au XIXe siècle prend son origine dans les travaux résumés par la loi du 17 nivôse an II de la République française.

Cela peut déplaire aux partisans des choses mortes, mais je m'en lave les mains. L'inflexible histoire juge, condamne, se bouche les oreilles et nous laisse crier, la cruelle qu'elle est...

Veuillez agréer mes civilités.

LECHERBONNIER.

OBSERVATIONS

Félicitons M. Lecherbonnier de reconnaître qu'il y avait des écoles avant 1789, explicitement d'abord en nommant lui-même les Frères d'Issoudun, et ensuite implicitement en ne contestant l'existence d'aucune des écoles que nous avons indiquées.

Pour atténuer la gravité de cet aveu, il signale l'exiguïté du local occupé par les Frères et le peu d'étendue du programme de leur enseignement. Nous n'avons aucune raison de contester sur ces deux points la bonne foi de M. Lecherbonnier. Nous ferons seulement une remarque relativement à l'étendue de l'enseignement. Les Frères de Bourges établis vers la même époque et qui très probablement suivaient le même programme que ceux d'Issoudun, sont, en 1763, accusés par l'Université de cette ville d'enseigner les sciences et par conséquent d'empiéter sur son enseignement ; par un arrêt du 22 juillet 1763, le Parlement de Paris leur interdit de s'ingérer à l'avenir, d'enseigner ce qui est réservé à l'Université (ROLLAND). Ce qui semble indiquer que leur enseignement n'était pas aussi restreint que l'indique M. le maire d'Issoudun.

Que le collége d'Issoudun ait plus ou moins déchu du XVII° au XVIII° siècle, cela est possible. Seulement, d'après le compte-rendu du conseiller ROLLAND, rédigé sur des rapports fournis par les autorités locales, judiciaires, civiles et religieuses, le collége existait en 1763 et recevait les revenus que nous avons indiqués, et dont aucun chiffre, du reste, n'a été contesté.

M. le Maire sent-il que la période révolutionnaire est trop compromettante pour la soutenance de sa thèse ? On serait bien tenté de le croire. En effet, après nous avoir renvoyé à la fin du XVIIe siècle, cueillir « les fruits utiles de l'histoire », il nous y laisse, espérant sans doute que nous y serons attardés, et sans nous attendre, il saute d'un seul bond à 1830, qu'il compare à 1878, pour nous montrer les grands progrès réalisés durant cette période.

Mais d'abord nous n'avons pas à faire l'histoire de l'instruction publique dans la ville d'Issoudun, et d'ailleurs il ne s'agit pas ici de comparer la situation de cette instruction à la fin du XVIIe siècle, soit en 1830 ou en 1878.

Les questions historiques sérieuses sont celles-ci : Que sont devenues les ressources qui, jusqu'en 1789, servirent à l'entretien des écoles d'Issoudun ?

Les 500 livres de la prébende préceptorale ?

Les 400 livres données par Perrotin de Barmont ?

Les 425 livres, par Fèvre d'Aubonne ?

Les maisons et les revenus des *Ursulines* et des *Dames de la Visitation* ?

En quelle situation la Révolution a-t-elle laissé les écoles de la ville ?

Voilà les véritables questions sérieuses, que nous avions posées et que M. le maire passe discrètement sous silence. D'un autre côté, puisqu'il juge à propos de passer à 1830, il aurait dû nous dire au prix de quels efforts et de quels sacrifices avaient été obtenus ces progrès et quels sont les citoyens, — administrateurs ou simples particuliers, — qui y ont le plus efficacement travaillé : seraient-ce les révolutionnaires ? Ne seraient-ce pas les autres ?

Un mot maintenant sur la différence des méthodes d'enseignement à l'aide de laquelle M. le Maire, qui est sans doute très-ferré là-dessus, espère nous confondre.

D'abord, la méthode la plus généralement suivie dans nos écoles primaires, n'est ni nouvelle ni laïque. C'est celle que le vé-

nérable abbé de La Salle a donnée aux Frè-
res à la fin du XVIIe siècle ; et si depuis elle
a reçu quelques perfectionnements, c'est
surtout aux Frères, fils du vénérable de La
Salle, qu'elle les doit.

Quant aux programmes, ils sont aujour-
d'hui beaucoup plus étendus qu'ils ne l'é-
taient en 1789. Mais est-ce un bien ? Est-
ce un mal ? Les avis sont partagés. Nous
n'avons ici ni le temps ni l'espace pour
discuter convenablement cette grave question ; nous nous bornons à citer les lignes
suivantes ; elles émanent d'un ministre de
l'instruction publique qui ne fut et qui ne
sera jamais accusé d'être un partisan du
passé : « Je vous prie, » écrit-il aux Recteurs, « je vous prie de recommander à
» MM. les directeurs des écoles normales
» de veiller, avec l'attention la plus sérieu-
» se, sur l'*écriture* et la *lecture*. Les élèves
» devraient, en sortant de l'école, être ar-
» rivés à la perfection pour ces deux exer-

» cices ; et il s'en faut qu'ils méritent tous
» cet éloge. *L'écriture si soignée autrefois*
» *par nos vieux maîtres d'école, a été souvent*
» *négligée par nos instituteurs d'aujourd'hui*
» comme un mérite secondaire. *Il en a été*
» *de même pour la lecture* ». (DURUY, Instruction aux Recteurs, 2 juillet 1866). Du
reste, dans ces appréciations, le ministre
n'est ici que l'écho des plaintes générales
de tous les hommes sérieux et compétents.
Or, si la lecture et l'écriture, qui sont les
bases de toute instruction solide, laissent
aujourd'hui tant à désirer, avons-nous lieu
d'être si fiers de nos progrès scolaires?

Après avoir étalé avec une grande com-
plaisance, en l'exagérant quelque peu, la
situation de 1878, M. le Maire nous invite
à comparer cette situation à celle qui existait avant 1789. Nous lui ferons simple-
ment remarquer que cette situation de
1878, n'est pas du tout un simple résultat
des lois du 23 frimaire an II, comme le

donnait à entendre sa leçon d'histoire ou du 17 nivôse an II, comme l'affirmait sa lettre du 30 août (1), mais l'œuvre très-complexe des particuliers, de la commune, du département ou de l'Etat, sous les gouvernements successifs des trois républiques, des deux empires et des deux royautés. Donc, pour dégager ce qui appartient à la Révolution ou à la première République, il faut comparer à 1789, non pas 1878, mais 1800-1802.

Après cette comparaison, M. le maire sera bien forcé de convenir que *l'origine des écoles primaires ne date pas de la loi du 23 frimaire an II*. C'est là tout ce que nous avons voulu démontrer. M. le Maire reproche à notre argumentation d'être laborieuse, mais il se garde bien d'en contester la solidité. Nous n'avons pas comme lui la faculté de démontrer des choses sé-

______

(1) Nous avouons ne pas connaître sur les écoles aucune loi du 17 nivose an II. Si elle existait, ce serait une de plus à ajouter à celles que nous avon-énumérées.

rieuses à l'aide de quelques plaisanteries d'un goût très-douteux.

M. Lecherbonnier pense sans doute articuler contre nous une injure écrasante en nous déclarant « *portisan des* CHOSES MORTES » et en accompagnant cette déclaration de plaisanteries qu'il trouve spirituelles.Si par CHOSES MORTES il entend l'Eglise et le catholicisme, contre lesquels la *révolution et la franc-maçonnerie* combattent de toutes leurs forces,il se trompe: *l'inflexible histoire*, quand il voudra l'étudier sans idées préconçues, lui montrera que, dans le passé, *ces choses* ont résisté à des attaques qui n'étaient ni moins habiles, ni moins violentes, et que, dans le présent, elles sont encore vivantes. Les menées ténébreuses des sociétés secrètes pourront continuer de susciter des révolutions, de provoquer des assassinats d'empereurs, de rois, de présidents de républiques, d'évêques, de prêtres et de simples fidèles ; (1)

elle ne tueront jamais ni l'Eglise ni le catholicisme. Çela pourra déplaire à M. Lecherbonnier et à ses frères et amis des loges maçonniques, mais ce qui a été fondé par le Christ ne sera jamais détruit par eux. *Portæ inferi non prævalebunt.* MATTH. XVI, 18.

FAYET.

(1) Certainement M. Lecherbonnier est encore trop honnête et par suite trop peu initié aux ténébreux mystères de la secte maçonnique, pour vouloir provoquer des assassinats contre qui que ce soit, ou même susciter de nouvelles révolutions, qui, entre autres inconvénients, auraient peut-être celui de lui enlever l'écharpe municipale ; il voudrait — est-ce pour gagner de nouveaux grades ? — acclimater et populariser la franc-maçonnerie à Issoudun ; et à force d'éloges bruyants et d'enthousiasme factice, la faire passer, aux yeux des bons catholiques de la cité et de leurs enfants, pour une société de bienfaisance, presque de charité chrétienne.

Il pourra sans doute, surtout en sa qualité de maire, tenant la feuille des bénéfices municipaux, séduire quelques ignorants, surtout parmi les obligés de la municipalité, mais après toutes les révélations publiées de nos jours sur les criminels agissements de la secte, les catholiques ne se laisseront séduire ni par les bruyantes apologies de M. Lecherbonnier, ni surtout par les petits cadeaux qu'il a jugé à propos d'infliger à leurs enfants, et qui ont dû les blesser profondément dans leur conscience de chrétiens.

Ouvrages du même auteur sur les mêmes questions

La vérité pratique sur l'instruction gratuite et obligatoire, ou la liberté de la famille sous l'autorité de l'Église, et son asservissement sous la tyrannie de l'État. In-8º, Paris, chez Dou-NIOL.

La vérité pratique sur la lettre d'obédience et sur le brevet de capacité, ou supériorité de la première sur le second, au triple point de vue de l'origine, de la légalité et de la pédagogie. Chez le même.

Les ha... s œuvres de la Révolution en matière d'enseignement, in-8º, Langres, chez F. DANGIEN ; à Paris, chez BRAY et RETAUX, rue Bonaparte, 82.

Les nouveaux apôtres de l'ignorance, Paris, JULES LE CLÈRE et Cⁱᵉ, imprimeurs de Notre Saint-Père le Pape et de l'Archevêché, rue asette, 29.

Châteauroux.—Typog. et Stérotyp. A. Nuret et Fils.

www.ingramcontent.com/pod-product-compliance
Ingram Content Group UK Ltd.
Pitfield, Milton Keynes, MK11 3LW, UK
UKHW021146140726
13695UKWH00005B/1972